十二の月、十の道

君野隆久詩集

十二の月

十の道

十二の月

四月

雨が降る朝に　緞帳（どんちょう）の側に立っている
幕の横をぶらぶらしている　そして
前もあったな　前にもこうやって
雨の降る朝　この時間は何でもないんだ
今はなんでもないんだと　思おうとして　眼をそらして

誰かが話している
（きみが話している　そうであればいいのに）

✢

乾いた家を夢みる
掘り出された捨て石が
草の中に置いてある
砂礫の町から　蓮の
種をとってきた　それがかすかな　泥の匂いを発して
（その種は莫大な水を記憶している）
芽吹こうとする　根を張ろうと
する

✢

雨が建築の　屋根にかかる
匂いもなく音もない
何でもないのだ　今は
何もないのだと　思おうとして
雨が降る朝に　緞帳の側に立っている
幕の下でぼんやりしている　そして　膨大な水の
冷たさを　眼をつむって
地の上で
計ろうとしている

五月

いろいろな五月がある
骸骨と糸車の五月
伽藍の
冷たい青葉が頬を刺して
夢の中で
通りの片側に
紺青の布が一面にはためいている

不眠のまま車で峠を越えているとき、不意に眼を撃つ
雪崩れるような藤の群落

六月

みじか夜や浅井に柿の花を汲(くむ)　蕪村

今日はいちにち白い
ベランダは真空に占領されている
空には光の虫
机には鉱水の瓶と
石膏と
眠りたい兎とが沈んでいる
音がよく響く
手を拍つ音や
学校の声が
いつまでも残響している
魚の眼の中に散らばる
子午線の破片
遠い轟音

夜
澄んだ鹿の群れが
汗のある
水の体積の中に入る

固い湖に面して
息を吸って
銀の屏風の側で醒めている
と、
すぐに
（すぐにだ）
空が青んでくる

七月

七月がいちばんさびしい
陽と雨、広い葉が揺れると
冬がすでにあらわれる
畜生とののしっても
空は唸るだけだ
もう夏は過ぎてしまった
(では本当の夏はどこにいった?)
それは梅雨の尻尾にとりついて
大陸へ去ってしまったのかもしれない
黄砂
戦場の幻影がうかびあがる
父の背骨の跡――それは
驟雨と病熱の中の
あるいは本当の夏があったときの汗の
あかりの記憶……

だから七月はいつのまにか子供となって
目をつぶって静かに

ごうごうと空が過ぎてゆく時を
聞いていたいのだ

八月

✢

Y市内は花笠祭で混雑している。喧噪をさけて早々とホテルの部屋にひきあげる。テレビで硫黄島の戦いのドキュメンタリー番組を見る。日本軍二万一千人中、生還者は約一千人だった。投降も自決も禁じられた火山島の地下壕の中での持久消耗戦。大本営は拙劣で、栗林中将の戦略は苛酷だった。米軍は火炎放射器で日本兵の潜む壕を焼き払っていった。毎朝戦友にコップ一杯の冷水を捧げる元兵士の姿。苦しみには意味がなければならない。

✢

お盆に帰らない。ひとりでじっとしている。あるいは街を意味なく徘徊している。街中は人影が少ない。ふだんは聞こえない物音が耳の底にさわってくる。永井荷風に「夏の町」という随筆があって、ややしつこい部分もあるが、都会で過ごす夏の倦怠と頽廃の魅力を描いてあますところがない。家族は避暑へ出かけ、自分はひとり家に残っている。しだいに夏が闌けてきて

──「炎暑の明(あか)るい寂寞(せきばく)が都会を占領する*」。忘れられない一文である。

✢

ひとつの生が生まれるためには膨大な物語が消費されなければならない。ひとつの生がこの世に形を結ぶとき、無数の物語が、一瞬のうちに想起され忘却されなければならない。シッダールタが誕生する瞬間、過去無数の前生で起きた物語の一切がいっぺんに現われては砕け散る。東方の三博士は万巻の書に読み倦んでいたが、そのうずたかい文字の堆積が幼子イエスの誕生でやっと役目を終え、たちまちユーフラテスの輝く砂粒と化していく。

✢

一夜、雨が降って空気が洗われた。午後は快晴となったが、湿度は低く、風が気持よい。一保堂の麦茶をあたたかいままで飲む。ずっとほうじ茶を愛飲していたのだが、なぜか飲めなくなってしまって、この夏は麦茶に切り替えたのだ。こんな美味な飲み物があるなんて。天上の甘さである。第一、安くてよい。晩には粥を煮て、半熟卵と共に食した。病人食か老人食のようだが、お粥を食べるととても胃が楽だ。「粥の十徳」はたしかにある。

✢

概論や通史はつまらないとよく言われるが、それは講じる人間が二流以下のせいだろう。辻惟雄『日本美術の歴史』を少しずつ読み進めるのが毎日のたのしみだ。とうとうとした流れのなかに瀬があり、滝があり、淵がある。藤原佐理の書状について、辻先生は次のように記す。「自分の失態を詫びる内容でありながら、運筆に爽やかな遊戯の気分の満ちているのは興味深い」**
——「爽やかな遊戯の気分」が打音高くヒット。右中間を抜かれた。

✢

夕刻から奈良町元興寺の地蔵会に出かける。きのう今日と石仏や石塔の前で灯明をともす万灯供養が催されている。地元の飲食店が屋台を出し、音曲も鳴り、おだやかな賑わいである。なにより地蔵盆らしく子供の姿が目立つのがほほえましい。この日は拝観料をとらないという。ライトアップとやらにうつつをぬかすどこぞの坊さん連中も少し見習うがいい。同じ奈良の燈花会は基本的にデート用だ。ここなら中年男一人でも時間がすごせる。

✢

タワーレコードがはじめて日本にできたとき、店内にぎっしり詰まっていたのはもちろんアナログレコードだった。そしてタワレコに限らず、輸入盤屋に入るとどこでも、独特の甘いようなケミカルな匂いが充満していた。あれは何から発する匂いだったのだろうか。ふつうのレコード屋にはない匂いで、なぜか輸入盤店だけだった。渋谷のシスコ、馬場のオパスワン。CDに交替して消えたから、やっぱり盤の素材から発生していたのだろう。

✢

毎年、夏が終わる日というのがある。気象庁発表とは関係なく、そう肌で感じられる日があるのだ。今年は今日がその日ではあるまいか。もちろん日中はまだ最高気温三四度の酷暑だった。しかし、今日、夏が死んだ。夜の風がいつのまにか粘度を失っている。道を照らすコンビニの照明がわずかに透明感を回復している。昼の陽の光がかすかに白さを増している。そして市中のオフィス街でも、気づくと赤トンボが空気に句読点を打っている。

✢

（十年以上前の八月、二〇〇字ぴったりの文章を二〇本ばかり書いたことがある。句読点含めて二〇〇字ちょうどで書くという文章表現の練習法がある本に載っていて、ためしに実行してみたのだ。原稿用紙であれば苦渋な作業かもしれないが、ワープロだと気軽に取りかかることができる。いくらでも書けると思いつつ、二〇を越えるところで中断してしまった。以上はその抜粋。カッコ類は一字分、ダッシュとリーダーは二字分と考える）。

＊　『荷風随筆集（上）』（岩波文庫、一九八六年）一一五頁より。

＊＊　辻惟雄『日本美術の歴史』（東京大学出版会、二〇〇五年）一三〇－一三一頁。

九月

灼けた野を車で走っているとき
草に覆われた一本の川をみつけた
それは平原を走る隠れた一匹の龍のようだった
遠目には草の盛り上がりが蛇行しているにすぎないのだ
猛々しいほど植物が繁茂していて
とても川辺には近づけない
ただし周囲の稲田へ水を流すための水門が一箇所だけあって
そのコンクリートの台の上からわずかに川面を覗くことができる
（長髪で顔を隠そうとするシャイな青年のようだ）
夕刻が近づいてくると
羽化する蜉蝣の類が
滴々と水面に輪をつくる……

カーナビには映らなかった
家にもどってからインターネットでその川を探してみる
優美な字体のように屈曲する細い線

次にその平原を走ったとき

長身族のような草本(そうほん)はみな穂を出してぽやぽやとしていた
季節が移ったのだ
たしかこの辺だったな
注意深く運転するが川はみつからない
九月の陽の中でしぶとく蛇行していた川
それが跡形もなく消えてなくなってしまっている
車を降りてすだく虫の声の中に茫々として立ち尽くしている

十月

十月の市場は思わぬ豊饒
棘々の赤い魚がこちらをにらんでいる
サーベル型の銀魚は山と積まれ
こちらには内臓まで透きとおった淡水魚が桶に入っている
（透明だからまったく見えないのだけれど、
オムレツにするといいらしい）
貝の区画は生きのよいタイラギの類が噴水のごとく潮を吹くので
通路はびしょ濡れだ
ペイズリー柄の蛸は目を離すとさっさと水槽から逃げ出すから
売り手はとてものんびりしていられない
根菜の店には
ありとあらゆるゴボウが売っている
砲身の太さのものから、猫のひげのように繊細なものまで
（三ツ星シェフがサラダに使う――「ハキリバチの巣と
ひげゴボウのサラダ、たにしドレッシングとともに」）
お茶の葉を売る高楼を過ぎると今度はうずたかい喫煙用の葉だ
そこではとびきり香りの高い品種を
竹筒のパイプにつめて

ためしに吸わせてくれる
これは効く
たちまちに足許と呂律がもつれてくる
急々如律令
懶惰の歌留多*
Il faut retourner à……

十月の市場は思わぬ豊饒

* 「懶惰の歌留多」は太宰治の小説の題名より。

十一月

——十一月は十二月と十月にはさまれて、ひっそりと
神秘的な月である。（森内俊雄『道の向こうの道』）

霜月は母の生（あ）れし月
家々の扉（と）いとけざやかに並びたり

晴れ渡りし午後
日陰なる路の円（まろ）き鉄蓋
また側溝を覆いたる鉄板の錆色に
天の青はつかに映れり

いつしらず雲の起こりて
巨きなる勇魚（いさな）の瞳のごとき
時雨空の渾沌より送り出せる
一音（いっとん）の霹靂

雨は霰に転じ
鬱憂の屋根を敲くとき
わが腕に歯車の跡を印しつつ
青鈍の旬日の過ぎゆく

十二月（夜遊びワルツ）

——押韻の試み

朝のひかり　さやか
だけど昼は　うつつ
何もしない鳩　くるる
執事がつとめる　館

夜のかかと　裸
ピンクウサギ　眠る
束ね髪のママ　ぶつぶつ
塀を乗り越えろ　おや、足が逆さ

カフェの夜の　騒ぎ
きつねむすめ　はしゃぎ
ひかる捨て子　みつける

つむりなでて　添い寝
東の空　明るいね
縁起いい子　貘のミルクで育てる

一月

（一月の詩が書けない。ヒントにならないかと思って、西脇順三郎が英語で書いた「January in Kyoto」を図書館でコピーしてきた。さてこれが読もうとしても簡単ではない。一語一語を辞書で調べなくてはならないような英語である。この詩は一九五六年三月に*Japan Quarterly*に発表され、岩波文庫『西脇順三郎詩集』の那珂太郎の解説によると、これを読んだエズラ・パウンドが感心して西脇をノーベル文学賞候補に推したそうだ。『第三の神話』に入っている「しゅんらん」（一九五五年二月発表）という詩とかなり内容が重複する。しかし「しゅんらん」は「二月中頃雪が降っていた」からはじまる。「January in Kyoto」の翻訳がほしいと思っていたら、詩集『人類』に入っている長詩「キササゲ」の中で、英語からの直訳に近い形で日本語になっていた。「キサザゲ」の発表はずっとあとの一九七二年。西脇は同じモチーフの詩を日本語、英語、日本語と書き換えたわけだ。読み比べてみると難解ながら英語のものがいちばんおもしろい）。

「わたし」と

その友人の鱒釣りが好きで八瀬方言を話すことができる
ベン・ジョンソン学者が
一軒の農家の
かまどの神に捧げられた
柑橘の葉や枯れた茨の絡まりを見てから
比叡のふもとで採った
蘭の芽をその家にあずけて
「エマオの修道院」へと向かう
(Conventというのは女子修道院だから
これは暗に大原の寂光院を指しているのだろう)
途中、杖をついた吃音の老女と道を共にする
(そうか、イエスの代わりに
頭に貯金通帳を載せたこの謎めいた婦人を配したわけだな
だからholy visibilityか)
老女は猪めいた横目をくれながら
猪の脅威について神託を下すが
この詩が発表されたのは特に亥年というわけではない
「わたしたち」は青々と頭を剃った
尼さんに会って
ていねいに春の接ぎ木について問答をかわしたのちに
農家に戻ってくる
聞きとれないおしゃべりの中で
お茶のあとにおかみさんが注いでくれるのは

駄弁を不死に変える
黄金に輝くはちみつ酒

✣

一月にはたしかに顔がふたつある
去年を向く顔と
今年を向く顔
ひとつは渋面を作り
もうひとつははちみつならぬコメの酒にしたたかに
酔っている

『定本西脇順三郎全集III・XII』（筑摩書房、一九九四年）を参考にした。

二月

雪の降らない二月に思い出す、雪の降る二月の話——

それはめずらしく東京に大雪の降った日だった。山手線は徐行運転をしているという。その頃、小学校の恩師から紹介されて、ある中学三年生の女子の家庭教師をしていた。今日は電車が動かなくなるかもしれないからという断りの電話をその家に入れたあと、アパートの部屋で無為な時間を過ごしていた。でも雪のせいで心がざわめいて、落ち着くことができない。白くなったアパートの中庭をしばらく窓からながめたあと、もう一度家庭教師先の家に電話をして、やっぱりこれから行きます、と伝えた。出られたお母さんはちょっとびっくりしてから、そうですよ、さびしいですもんね、と付け加えた。なんだ、見抜かれているなと恥ずかしかった。

その子は、きかん気な顔をした、すらりとした肢体の美少女だった。母親は台湾のひとで、歳のはなれた夫は日本のビジネスマン。おふたりともとてもいい方たちだったが、母親はどこか体を壊していて、もしかしたら療養のため故国へ帰ることになるかもしれないという。そんな事情もあってか、娘は微妙に不安定でかたくなだった。家庭教師というのは子どもと相性があわないと苦痛な仕事である。緊張しながら、おっかなびっくり教えていた。その日、いつもの倍くらいの時間をかけて集合住宅の家へたどり着いた貧乏家庭教師を、痩せたお母さんはいつにもまして歓待してくれた。そして、高校入試の問題を解きながら、その少女とのあいだに、はじめて和らいだ空気が生じるのを感じることができた。あれはきっと雪の日の功徳だったのにちがいない。

三月

三月はあかるくて冷たい光の国だ
昼間はてのひらの線がくっきりとみえる陽光で
世界は光の皮をむいてオレンジをさしだすのに受け取る指が
冷え切っている

異国にいて画面のなかで黒い水が渦巻くのを見ていた
街でタクシーに乗ると運転手が話しかけてきた
（おまえの国は大丈夫なのか）
たぶんそう言っている
《小学生の頃その海に行ったことがあった、焼けた肌を
地元の女の子が水で叩いてくれたんだ》
言葉ができずに相手をうらめしげに見返すだけだ
もうひとつの三月
透きとおるような晴れの日だった
塔のある病院が負傷者で溢れた
一晩中湧いていた首都のサイレンの音
その冬には映像のなかで
西の市が燃えているのを茫然と見ていたばかりだったのに

——おまえはいつも
ひとつの都市の中でまるでジャケットを着こんで
離れた街が崩壊するのを
表情もなく見ている
動画で再生される災厄
もし潰滅してゆくのが離れた街ではなく自分の心であったなら
それも動画として眺めるのか

三月はあかるくて冷たい光の国
昼間はてのひらの線がくっきりとみえる陽光で
世界は光の皮をむいてオレンジをさしだすのに受け取る指が
冷え切っている

十の道

大黒町通

「夜」という長い詩を書こうとずっと思っていた
真夜中に松明のはぜる音を人々が聞いている場面からはじまり
円環状のものが風を切る音や
警報や子どもの叫び
さまざまな物音のあと
この詩はやがて空があかるみはじめる予兆の寸前で終わる予定だった
しかし考えてみれば自分の生はどうみても夜ではない
無明(むみょう) 長夜(じょうや)はおおげさすぎる
またこの歳になって曙光というのもばからしい
自分はあきらかに正午の人間ではないが
また夜の人間でもない
(そういうことを考えながら歩く)

酒場がどこも閉じてしまい路上に人影もすくないので
あかるいうちから缶ビールを手に歩く
博物館のある道の一本西の路地を北へ向かって入る
生垣や塀のない小さな家屋が並んでいる通りだ
わたしが育ったのはここではないが

おなじような小さな間口の家が立ち並ぶ
都市のはずれの街だった

腰にタイルを張った住宅
二階に格子窓が残る仕舞屋（しもたや）
念珠の商家と時代物の看板を掲げた酒屋
古色の残るこの街も土地のところどころが
移植のため外科医に切り取られた皮膚のように
方形の更地になっている
奥に細長い家屋がぽっかり空無になると
隣り合っていた建物の無防備な壁や小窓が視線と空にさらされて
居心地悪そうにしている
あるいは今までは家々の谷間に沈んでいた
錆びついた物干し台が暴露されて
つらそうに老醜をさらしている
わたしは街のあちこちのほころびを缶ビールを飲みながら
まぶしいもののように見て歩く
すこしずつ自分の船底が
路の古びた含羞と同期してくる気がする

右手に小山が盛り上がっているのが見える
てっぺんには五輪の塔が曇天へ突き刺さっている
「耳塚」だ

（それはまったく異様なほどの大きさだ）
豊臣秀吉が慶長の役で削いだ朝鮮や明の人の耳や鼻を葬ったという
ばからしい話だ
人を殺してそれを祀る
まつるくらいなら最初から殺さなければいい
（わたしはもともと戦国武将が嫌いだ）

だけどおまえも人を殺したな
おまえは母を殺した
それから女を殺した
子どもと
若い人間もたくさん殺した
おまえはそれを供養してもいない
胸にあるのは耳塚よりもっと生臭い貝塚ではないのか
だから昼間から酒を飲んでごまかそうとしているのではないのか

耳塚から北へ上がる路幅はいちだん狭くなる
殺した人間とは連絡が取れなくなる
だから猫になったつもりでこういう狭い路地に住むことを夢見るが
そういうことでは夜の詩は書けないな
まだまだ歩かなければならない
そして手に持った空き缶も捨てなければならない
今は見ている

左手に真宗のしずかな寺がある
そのさきには曲線の暖簾を掲げた料理屋がある
大きな通りに出る角には郵便局がある
手紙を書かなければならない
なるべくなら相手も自分も生きているうちに
昼でもない夜でもない長い手紙を

旧小台通り商店街

路面電車の通る町の
およそ半世紀前には買い物かごをさげた
婦人たちで賑わっていた商店街
銀歯を光らせた店主の洋品店があり
甘辛いたれの匂いのするうなぎ屋があり
小学生が小遣いを握りしめて通った園芸店もあった
（ときどき魚や昆虫も売っていた――
緑のない場末の子どもは自然に飢える）
母は新興宗教に入っていて
医者よりもシャーマンを信頼していて
口コミのネットワークだけで
名もない霊能のカリスマを見つけ出してくる
何の変哲もないうどん屋のおばさんが病気治しをしたり
癇の強そうな問屋のお母さんが未来を卜したり
戦争で人差し指を失った中年男が手かざしに異能を発揮したりする
そういう人たちはしばしば世界や身体を
浄と不浄に分けたり、それらの霊的な地層について
語ったりしたものだったが

そもそも
子どもは世界をそんなふうに見ているものだ
いろはがるたが天井に描かれている銭湯で
母と一緒に女湯に入っていた年齢だった
浴場の隅にはどろりと黒く濁った
薬湯の浴槽があり
繊弱なおかっぱの少女がそこに浸からされるのを
見てはいけないもののように思いながらまじまじと見ていた
だがそんな幼年はありふれている
問題はその狭い商店街を
二十歳過ぎてもたまにぶらついていたことだ
荷風の陋巷趣味を読む前の話だ
そこにしか行く場所がないときがあった
（そんな暇があったなら外国でも行って何か勉強でも
しとけばよかったのだ）
なんという無力と怠惰
いまはあの都市に近づくことができない
インターネットの中を探ると
かなりシャッター化している様子が断片的に見受けられるが
わからないな
いまもときおりは自分のような姑息でひ弱い子どもが
あの商店街を森として
町の霊能者が託宣するのを聞いたりしているか

感じたりしているかは
幼児性欲の発動のきざしを
あるいは幼女の受苦の相貌から

かもめ通り

海の見える角部屋を借りる
海はトランプのカードの幅くらいに見える
部屋は三階にあって風が吹き抜ける
九月
部屋にあるのは琺瑯の洗面器、大きめのベッド、引き出しのない机
ひじかけのない椅子、
壁の絵
絵には春の野川に架かる橋が描かれている

海と並行に走るかもめ通り
かもめ通りにスピーカーはない
レコード屋も楽器店もない
文字どおりに海鳥の声だけが朝から日没まで聞こえる
かもめ通りを歩きながら考える

気づくと消えているもの
砂漠の上の河
族長のいない村

性交が先行した恋愛
気がふれるのではないかと怖れながら
正気のまま一生を過ごした叔父
それから

夏の終わりの頭痛
祭礼の区域を通り抜けてなずなの原へと没してゆく
道

山門のある坂道

加藤周一に「さくら横ちょう」という
ロンデルの韻を踏んだ詩があって
中田喜直が曲をつけているのがよく知られている
「あゝ　いつも　花の女王」という詩句が出てきて
『羊の歌』を読むと
小学生だった加藤の通学路の住宅に住んでいた
「大柄で、華かで、私にはかぎりなく美しいと思われた」
同じ学校の少女がモデルであったことがわかる
「とり巻きを連れて、はしゃぎながら、途中までやって来て、
自分の家の前の石段を昇ると、その上で手を振ってみせる彼女
に出会わないと、私は学校からの帰り道にいくらかの失望を感
じるのをどうすることもできなかった*」
ジョイスの*Dubliners*にArabyという短編があって
北リッチモンドストリートという袋小路に住む少年が
向かいの家の友達の姉に恋する話だ
夕暮れに戸口に出て弟を呼ぶ少女の名前は記されないが
少年はその名前をまるで心の中に聖杯のように捧げ持って喧噪な
市場を歩いたりする

結末は少年が欲望と見栄に振り回されたあげく、anguish and
anger ——この二語の頭韻を
大学の英語教師に教わって以来ずっと覚えている——に
打ちのめされて終わるのだ
思春期をあつかった文芸には、こういう
「横丁の女王様」のモチーフが多い気がする
考えてみれば『たけくらべ』もその変種かもしれない
もしかしたらBeatlesのPenny Laneもそんな歌ではなかったか
と思って歌詞を調べてみると少しちがう

中学一年のときだった
三〇分ほど都電に乗って学校に通っていた
「面影橋」という何とも歌枕的な名の停留所で降りてから
住宅街の中の坂道を登ってゆくのだった（東京には坂道が多い
——いま調べてもその坂道に特定の名称はないようだ）
虚弱だったわたしはある朝
坂の途中で気分が悪くなり
右手にある寺門の前の石段にしゃがみこんでしまった
（寺門には「如意山」という額が掛けられていて、通る時いつも
どういう意味なんだろうと気になっていた場所だった）
その額の下で青い顔をして石段に座っていると
向こうの集合住宅の扉をあけて
同じ学校の制服を着た少女が出てきた

顔見知りの、しかし口をきいたことのない女子だ
ラケットを携えている
その子は座りこんでいるわたしをみつけて、近寄ってくると
「大丈夫？　お水でももってこようか？」と低い声で言ってくれた
わたしは一瞬のとまどいのあと
たぶん大丈夫だから、先に行ってくれという意味のことを
なんとか伝えた
その女子は数秒わたしの顔を見ていたが
「わかったわ」と言って
自分の道を急いでいった（朝練があったのかもしれない）
わたしもしばらくして立ち上がり
学校への道をまたたどっていった
あの子は女王様とはちがった
だからこのエピソードは詩にも小説にもならない
そのかわり anguish and anger に身を焼かれることもない
初夏の坂道の、丸く取りのこされた
小さなみずたまりのような記憶

＊　加藤周一『羊の歌』（岩波新書、一九七一年）六七頁。

断薬と魚

十年以上ものあいだスルピリドという薬を服んでいた
少量で胃腸障害、少し増やすとうつ状態、大量で統合失調症に効く
というものだ
一日に50mg一錠を服んでいると
効いているのかどうかぜんぜんわからない
半分に割って減らしてみる
するといつのまにか

ひよひよしてくる
悲観的になる
ぼろ布みたいな気分になる
拗ねる
嫉妬深くなる
テレビがうるさくて消音にする
そこで気づく
そうか、薬を減らしたせいだ、
もうしんどい
元の量にもどす

古い本に
人間にとって水に見えるものが
天人には瓔珞（ようらく）と見え、鬼には猛火と見え、魚には楼台に見える
ということが書いてある
するといま歩いている
荒物屋の点在するこの古い商店街も
天人には
まばゆい朝のプラットホームに見えているのかもしれない
鬼には
焼けた鉄板の痩せ尾根に見えているのかもしれない
魚には
（いや、魚には水がない、道も見えるはずがない――）

かつて魚であった少年が
一顆の果実をもてあそびながら道をよぎる
はじまりの空気のなかで
彼の襟首は尖っている
そして春の風のなかを早足で歩きながら、硝子のような眼で
こちらを一瞥する

墓地からもどる路

——旅の思い出に

九月初旬
アヴィニョン駅のプラットホームへ降りると
熱気が押し寄せてきた
煉瓦色の風景
モンペリエ行の列車に乗り換えて三〇分
セトの駅舎を出たとき
——あ、風
と笑ってしまうほど
たちまちに海風に包まれる

「海辺の墓地」は本当に海辺の墓地だった
詩人の墓には親子三人連れが来ていた
写真を撮り合った
父親は娘にしきりに何か語るが
娘は墓の主にまったく関心がないらしい
「そのカメラいいわね、日本製？」と訊いてくる

帰途は歩いた
白い帆柱の並ぶヨットハーバー
運河の横の旧市街は
テラスで女と男たちがさざめきながら
海老や貝などを食べている
陸繋島の中の円い粒の街
両手のあいだを谷のように感じて
食器のふれあう音　海鳥のさわぐ声が
不意に礫となって落ちてくる

宿る（埃だらけの道を）

埃だらけの道をずっと歩いてきた
焼けた空の下を
すれちがうものは牛ばかり
どこまでも続く白い道
陽が落ちてきて
宿る所を探す
ぽつりぽつりと家がある
人が住んでいる家と住んでいない家と
両方ある
涼しそうなひさしの家がある
戸を敲いてみる
返事はない
そっと扉をあけて踏みこむ
誰もいないようだ
板を張った部屋が広がっている
厨に井戸がある
井戸で足を洗って
まだ明るみのあるうちに真水と小麦粉で食事を済ませる

板に横たわる
罪を数える
それから少しの物語を思い出す
耳の聞こえない天使の話
話すたびに蒼黒い空を感じさせる子どもの物語
いつかうとうとしてくる
雨が降りはじめたのか
音が聞こえてくる
まわりから
水滴がいろいろなもの
――広い葉や門をくぎる石や錆びた鋤の柄に
ぶつかる音が
遠く近く
聞こえてくる

運河

——松本竣介の図録をめくりながら

運河が見たい
どっしりしたコンクリートのアーチの下を
黒々とした水が淀む運河

切り立った石の護岸が続き
たまに船が接岸する桟橋と梯子が水面に突き出している
(——この町はさらさらした浅い川ばかりで
おれはもう飽きてしまったんだ)
黒々とした運河が見たい
護岸の向こうには工場が並んでいる
休日なのか今日は窓の少ない建物に音がしない
灰色の空に韻を刻む遠近の煙突

環状路を渡るために
巨大な陸橋の肩をのぼる
陸橋を渡りながらいつかの乾いた秋の
銀杏の葉のひらめきを思い出す

けれども勾配を降りて
町に沈んでいくときには
焼け残った不安の枕木が胸を圧してくる
——おまえは本当は華奢な自転車の走っている
賢(さか)しげな女性が片頬をこちらに向けている
青い都会へ戻りたいのだろう?
(その街は無音のまま澄んで待っているのか)

コンクリートのアーチの下で淀んでいる運河が見たい
力を貯えた黒い水が
一言も発しない
深い運河

浅瀬の横の道

その夏の雨は
三度やってきた
干からびた五月を湿度が侵して
花や樹々たちが夢見るように潤んだあと
濛々と街を雨が包んだ
『草枕』を読みはじめる
冒頭の一節のあとに「人でなしの国」について書いてある
(むかし読んだはずだが気がつかなかった)
フロムも読みはじめる
「隣人をひとりの人間として愛することが
美徳だとしたら、自分を愛することだって美徳だろう」*
そうなのかと浅瀬の横の道を歩きながら考える
雨が収まり梅雨寒の気候に入る
今年は蛍が多いと人がいう
取水堰の周囲で乱舞し呼応する燐光
百合を買って女の宿へ行った
梅と玉ねぎをもらう
実山椒はすでにゆでこぼした

すもも酒を仕込んだ
生姜の甘酢漬けも作った
鉦（しょう）を叩くかわりに
エタノールに噎（む）せながら老いてゆく
少年たちの手
そのしみや嚢胞や飛蚊症
（病とはまこと
身に降りかからないかぎりは蜚語のきわみではないか）
また人影の消えた路上
葉月の厨房で
錠剤と酒精に溺れる
（人でなしの国には行きたくない）
また雨が来る
二回目の雨
北からの高気圧が列島の上に降水帯を固定し
黙示録的な雨が続く
（空にはどうしてこんなに水があるのか）
童子めいたことを考えると
身体のあちこちの腺が痛み出す
祖先の霊たちが帰りそこねて
子や孫の筋膜に宿って警告を発しているのかもしれない
なんて暗い夏！
オフィーリアから藤村操まで

『草枕』は水死人がモチーフの小説だった
雨が止むのを待つしかない
丸い茄子を食べた
白瓜を食べた
浅瀬の横の道をゆっくりと歩いた
かつては水運に使われたというが
今は無口な姉の髪のように石垣を漱いでいる
蜻蛉の浮遊を過ぎて
空にはつかのまのうろこ雲
ところがまた水滴がやってくる
夏の終わりを告げる雨
路傍に立っていてそのまま座りこんだ
月たち
わたしの子供たち
あの子たちは食を乞うたりはしていないだろうか
あるいはカフカを読んで断食したりはしていないだろうか
三度めの雨の中
むかし着ていた
格子縞の化繊のシャツの感触を
思い出している
接種を受けて頭痛を賓客のように迎えながら
地学では
地層図より天気図が好きだったな

と思い返している

＊　エーリッヒ・フロム『愛するということ』（鈴木晶訳、紀伊国屋書店、二〇二〇年）九四頁。

石ばかりの明るい道を

石ばかりの明るい道を
ひとりの旅人がのぼってくる

――どっちの方へ行くんですか
――これからは夏に向かうから
　　こっちの道がいいんですよ

他の道もないのにこっちの道と指さして
その人は白く石ばかりの道へ消えていった

（都立戸山高等学校文學部部誌『柏葉』復刊第一号、一九八〇年四月）

✢

一九七九年の四月、高校二年生だった
私たちは、部員のいなかった「文學部」を復活しようとした
全員が文学好きだったわけではない
運動部を脱落した連中が
好き勝手なことができる部活を作ろうとしたのが本音だ
夏期合宿を那須にあった合宿寮で行い

漱石の「それから」「門」の読書会をした
（「三四郎」を一年生三学期に山極圭司先生が
国語の授業で扱ってくれたのだ）
寮のグラウンドではブラスバンド部と対抗草野球をした

学園祭のあと部誌を復活しようという話になり
ガリ版に鉄筆であれこれ書きはじめた
私はその冊子の最後に
「詩片」という総題で短い数篇の詩を載せた
人に見せるのはたぶんはじめてだった
最後に置いたのがこの「ある夜の夢」と題した詩で
数篇の中ではこれがいちばんまともだ

「これからは夏に向かう」と書いているのだから、この詩には
十七歳の希望や願望がこめられていると読むべきだろう
四〇年以上経ったいま読んでまず思うのは
どうして「他の道もないのに」と記したのだろうということだ
（当時もそこにひっかかっていたことをかすかに思い出す）
そして自分は
「白く石ばかりの道」をそれからのぼっていったのだろうか
（もしそうだとすれば稚拙ながら予言的な詩なのだが）
ぜんぜんちがったよ、といいたい気持ちと、
いやある意味そうだったんだよ

という気持ちとの両方が起こってくる
あるいは自分は結局、旅人ではなくて
「どっちの方へ行くんですか」とたずねる傍観者の立場に
ずっといたのかもしれない
どれだったのだろうと
崩壊しそうなわら半紙の冊子を前に
考えあぐねている

あとがき

　多くの詩人たちが月の名を題にした詩を書いている。そういう詩を学生に読ませて、月の名をタイトルにして詩を作れという課題を出すことがある。人に課す以上は自分でも作れなければと思って作りはじめたのが「十二の月」である。

　ところがこれは容易に完成しなかった。特に苦しんだのは十二月と一月である。何のイメージも浮かんでこない。十二月はついに違う題名で書いた詩をはめ込んだ。四月からはじまるのは長いあいだ学校に勤めていて、一年は四月からはじまるように思う習慣がついているためである。

　「十の道」はすべてが二〇二〇年以降の「コロナ禍」の時期に書いたものである。幸いにも今までのところ顕在的発症はしていないようだが、多くの人と同じように閉塞感と不安に悩まされ、酒量が増え、懐古的（回顧的）になった。作品にもそのような状態が反映されていると思う。


　作品はすべて既発表のものである。発表の場を与えてくださった方々、特に『ひょうたん』の相沢育男さん、『雨期』の須永紀子さん、『左庭』の山口賀代子さんに篤くお礼を申し上げる。刊行にあたっては青磁社の永田淳さんにたいへんお世話になった。永田さんはこちらのわがままに粘り強くつきあい、ていねいで柔軟な編集をしてくださった。また装幀を第一詩集と第二詩集でお世話になった濱崎実幸さんがみたび手がけてくださったのは本当にうれしいことだった。みなさんありがとうございます。

二〇二二年で六〇歳になった。この詩集を自ら還暦の記念としたい。

二〇二二年十二月　著者

初出一覧

四月……『絶景』vol.01、2015年６月
五月……『ひょうたん』52号、2014年４月
六月……『ひょうたん』52号、2014年４月
七月……『ひょうたん』48号、2012年11月
八月……『ひょうたん』62号、2017年６月
九月……『雨期』69号、2017年８月
十月……『雨期』75号、2020年８月
十一月……『雨期』71号、2018年８月
十二月（夜遊びワルツ）……『Nee？』vol.04　京都造形芸術大学文芸表現学科、2012年１月（原題「夜遊びワルツ」）
一月……『ひょうたん』67号、2019年２月
二月……『雨期』72号、2019年２月
三月……『雨期』70号、2018年２月

大黒町通……『左庭』46号、2021年２月
旧小台通り商店街……『ひょうたん』73号、2021年３月
かもめ通り……『左庭』47号、2021年６月
山門のある坂道……『雨期』76号、2021年２月
断薬と魚……『左庭』47号、2021年６月
墓地からもどる路……『ひょうたん』74号、2021年７月
宿る（埃だらけの道を）……『雨期』77号、2021年８月
運河……『左庭』48号、2021年10月
浅瀬の横の道……『左庭』49号、2022年２月
石ばかりの明るい道を……『ひょうたん』76号、2022年３月

著者略歴

君野　隆久（きみの・たかひさ）
1962年東京都生まれ。
現在、京都芸術大学教授。
著書
『二都』彼方社、1999年
『(朝、廃区を、)』彼方社、2010年
『言葉で織られた都市——近代の詩と詩人たち』三元社、2008年
『声の海図』思潮社、2019年
『捨身の仏教　日本における菩薩本生譚』角川選書、2019年
訳書
L・リヴァシーズ『中国が海を支配したとき——鄭和とその時代』新書館、1996年

詩集　十二の月、十の道
初版発行日　2023年３月30日
著　者　君野隆久
定　価　2400円
発行者　永田　淳
発行所　青磁社
京都市北区上賀茂豊田町40－1（〒603－8045）
電話　075-705-2838
振替　00940-2-124224
https://seijisya.com
装　幀　濱崎実幸
印刷・製本　創栄図書印刷
©Takahisa Kimino 2023 Printed in Japan
ISBN978-4-86198-559-1 C0092 ¥2400E